L'AMINTE

DU TASSE

PARIS. — IMPRIMERIE L. POUPART-DAVYL RUE DU BAC 30.

L'AMINTE

DU TASSE

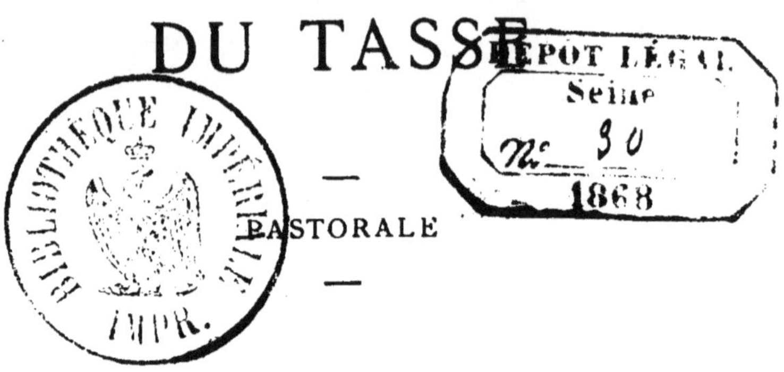

—

PASTORALE

—

TRADUCTION NOUVELLE

PAR

G. DOUAIRE

PARIS
IMPRIMERIE POUPART-DAVYL
30, RUE DU BAC, 30

—

1867

PRÉFACE

S'il est une langue qui convienne à la poésie pastorale, c'est assurément la langue italienne : ses inversions, son harmonie, sa souplesse, la variété de ses expressions, le charme de ses diminutifs, semblent l'appeler, de préférence à toute autre, à peindre dans des scènes pleines de grâces et de naïvetés, les tendres sentiments et les doux entretiens des bergers. Il n'est donc pas étonnant que les Italiens, à la plus belle époque de leur littérature, se soient passionnés pour ce genre de poésie peu goûté en France, et dans lequel nos poëtes n'ont jamais donné de productions bien remarquables.

Dès le cinquième siècle, Longus avait composé une pastorale : les *Amours de Daphnis et Chloé.* Malgré ses beautés, cette fable champêtre n'est qu'un essai, et si l'on ne peut dire que les Italiens aient inventé la pastorale, on ne saurait du moins leur contester le mérite de l'avoir ennoblie et portée à un si haut degré de perfection, qu'ils ont pu, sans trop de vanité, se regarder comme les créateurs de ce genre de drame, qui, dans la seconde moitié du seizième siècle, a brillé en Italie d'un si vif éclat.

Augustin Beccari, de Ferrare, introduisit le premier sur la scène des bergers, à l'aide desquels il sut obtenir une action réglée et complète. Son drame : *il Sacrificio*, représenté à Ferrare en 1554, eut un véritable succès.

Avant lui, la pastorale renfermée dans l'églogue, l'idylle et l'élégie, ne semblait point susceptible de comporter un plus grand développement ni une action suivie : elle se réduisait à un monologue ou à un dialogue le plus souvent assez fade, sans intrigue ni dénoûment, et des beautés éparses çà et là ne suffisaient point à atténuer la froideur d'un récit auquel manquaient la couleur et l'intérêt.

A dire vrai cependant, les éloges prodigués à Beccari étaient exagérés, son œuvre laissait encore beaucoup à désirer et n'était, en quelque sorte, qu'une ébauche : de cette composition à l'*Aminte*, la distance était grande. Mais l'élan était donné et ne devait plus se ralentir avant d'avoir porté à son apogée la gloire de la poésie pastorale.

Nombre de poëtes, dont l'émulation était éveillée, se mettent aussitôt à l'œuvre : Albert Lollio donne, en 1563, l'*Aretusa*. Quatre ans plus tard, en 1567, Augustin Argenti, gentilhomme de Ferrare, fait représenter, en présence du duc Alphonse II, *lo Sfortunato.*

Le Tasse vivait alors à la cour du duc ; il assista à cette représentation, et, tout en constatant de nombreuses imperfections, il vit sans peine le parti qu'il pouvait tirer de ce genre nouveau auquel se prêtait si bien la souplesse de son génie, et résolut d'entrer à son tour dans la lice. Sa connaissance parfaite des Grecs et des Latins, la finesse de son esprit, la délicatesse de ses sentiments le mettaient à même de produire un chef-d'œuvre. L'*Aminte* en fut un. Représenté à Ferrare en 1573, il réunit tous les suffrages et couvrit de gloire son auteur en lui méritant la palme de la pastorale dramatique.

L'*Aminte* a emprunté ses beautés à l'églogue, à la comédie et à la tragédie ; les chœurs y sont innovés avec bonheur et intimement liés au sujet : les épisodes et les divers incidents, produits l'un par l'autre de la manière la plus naturelle, conduisent au dénoûment par un heureux enchaînement de circonstances. Dans aucun poëme on ne peut trouver plus de finesse dans l'expression, plus de pureté, plus d'élégance, plus de grâce. Toute la seconde scène du premier acte fourmille de beautés champêtres et naïves, et partout l'amour et la simplicité pastorale y sont peints de main de maître.

Le retentissement de cette œuvre fut immense : de toutes parts surgirent des imitateurs, et l'on fut pendant quelques années littéralement encombré de poëmes champêtres. Le bon goût fit promptement justice de la médiocrité de ces imitations : peu échappèrent à l'oubli; de ce nombre furent le *Pastor fido* de Guarini et la *Philis de Scyros* de Bonarelli. Mais cette surabondance de productions fades et monotones amena la décadence rapide de la poésie pastorale en Italie.

On reconnaîtra aisément l'auteur lui-même

de l'*Aminte* dans le personnage de Tircis, sous les traits duquel le Tasse a célébré les bontés et la munificence d'Alphonse II, et fait de sa cour la peinture la plus flatteuse et la plus délicate dans la seconde scène du premier acte :

. ..... « Allor che prima
« Mia sorte mi condusse in queste selve » etc.

A l'instar de Virgile, qu'il s'est plu à copier dans maint endroit, le Tasse a divinisé son protecteur le duc de Ferrare, et ces vers de la seconde scène du deuxième acte,

« O Dafne, a me quest' ozio ha fatto Dio :
« Colui, che Dio qui puo stimarsi; etc., »

sont presque la traduction littérale de la première églogue :

« O Melibæ, Deus nobis hæc otia fecit.
« Namque erit ille mihi semper Deus, etc. »

Malgré les beautés qu'elle renferme, cette

pastorale n'est point exempte de défauts. La multiplicité des récits nuit un peu à la rapidité de l'action, un style trop étudié, des pensées trop recherchées, rendent parfois difficile l'intelligence du texte, et beaucoup de pointes subtiles et de comparaisons ingénieuses échappent à un lecteur peu attentif.

Une traduction en prose ne peut donner qu'une idée bien imparfaite des richesses de l'original, surtout dans un genre dont le principal mérite naît de la grâce des images et du choix de l'expression. La poésie italienne, d'ailleurs, comporte des hardiesses peu faciles à faire passer en français, et notre langue ne se prête point à rendre les diminutifs dont le rôle est si important dans la poésie pastorale. Je me suis donc borné, dans cette traduction, à m'écarter le moins possible du texte italien; j'ai sacrifié l'élégance à l'exactitude, et tous mes efforts ont eu pour but de mettre en relief la pensée de l'auteur, sans en altérer la forme.

L'AMINTE DU TASSE

PASTORALE

PERSONNAGES

L'AMOUR, en habit de berger.

DAPHNÉ, compagne de Sylvie.

SYLVIE, maîtresse d'Aminte.

AMINTE, amant de Sylvie.

TIRCIS, compagnon d'Aminte.

SATYRE, amoureux de Sylvie.

NÉRINE, messagère.

ERGASTE, messager.

ELPIN, berger.

CHŒUR DE BERGERS.

L'AMINTE DU TASSE

PROLOGUE

L'AMOUR.

Sous une forme humaine et sous ces habits de berger, songerait-on à reconnaître un dieu? Non point un dieu champêtre ou une divinité inférieure, mais bien le plus puissant d'entre les grands dieux de l'Olympe; celui qui souvent fait tomber de la main de Mars la sanglante épée, de celle de Neptune le redoutable trident à l'aide duquel il ébranle la terre, et les foudres éternelles du souverain Jupiter. Sous cet aspect, certes, et avec ce costume, Vénus ma mère ne reconnaîtra pas si facilement son fils, l'Amour.

Comme elle veut disposer à son gré de ma personne et de mes flèches, je suis contraint de la fuir et d'éviter ses regards; cette femme vaine et ambitieuse me relègue au milieu des cours, entre les couronnes et les sceptres, où elle veut que je déploie tous mes talents : et seulement à la foule de mes ministres, mes plus jeunes frères, elle permet d'habiter dans les forêts et d'essayer la puissance de leurs armes sur les cœurs des bergers.

Je ne suis pas un enfant, « quoique j'en aie le visage et les manières », et j'entends être mon maître; car ce n'est point à ma mère, mais bien à moi que le Sort a donné en partage le flambeau tout puissant et l'arc d'or. Aussi, souvent je me cache, et fuyant non son empire, puisqu'elle n'en a aucun sur moi, mais les prières toujours puissantes dans la bouche d'une mère importune, je me réfugie dans les bois et sous le chaume des petites gens.

Elle me suit, promettant à qui me décèle, de doux baisers ou des faveurs plus grandes encore; comme si je ne pouvais de même récompenser par de douces caresses, ou par des dons plus précieux, le silence ou l'hospitalité des mortels. Mes baisers, du moins, j'en suis certain, seront toujours plus chers aux jeunes filles, si moi qui suis l'Amour, je me connais en amour. Ce motif rend souvent sa poursuite inutile, car nul ne veut parler ni indiquer ma retraite. Mais pour mieux me dérober encore à sa vue, pour que mes insignes ne puissent la mettre sur mes traces, j'ai déposé mes ailes, mon carquois et mon arc. Je ne viens pas cependant ici désarmé; sous l'apparence d'une houlette, ceci est mon flambeau : « Ainsi l'ai-je transformé » et il rayonne d'invisibles flammes. Ce dard, bien que sa pointe ne soit pas d'or, est cependant de trempe divine, et porte en tous lieux mon influence. Je vais m'en servir aujourd'hui pour faire dans le cœur de roche de Sylvie, « c'est le nom de cette insensible », la plus cruelle des nymphes qui jamais ait suivi le chœur de Diane, une blessure non moins profonde et incurable que celle dont je transperçai le tendre cœur d'Aminte, il y a déjà plusieurs années, alors qu'elle enfant, lui jeune aussi, il était le compagnon de ses chasses et de ses plaisirs.

Afin que le coup pénètre plus profondément, je décocherai mon trait alors seulement que la compassion aura fait fondre et rendu moins dure cette glace épaisse dans laquelle une sévère vertu et une pudeur orgueilleuse ont emprisonné son cœur. Je veux, pour accomplir tout à mon aise un aussi beau projet, me joindre à la foule des bergers joyeux et couronnés qui déjà se rendent en ce lieu où ils ont coutume de s'assembler aux jours solennels pour se livrer à leurs jeux. Je vais feindre d'être un des leurs, et de cette façon je pourrai dans cet endroit même exécuter mon dessein, sans que nul mortel le soupçonne.

Aujourd'hui ces forêts emprunteront, pour parler d'amour, un nouveau langage, et l'on reconnaîtra facilement que je n'y suis pas remplacé par mes ministres. J'inspirerai à ces rudes cœurs de nobles sentiments; j'adoucirai leurs accents; partout où je suis, en effet, je suis l'amour, dans les chaumières comme dans les palais; je fais disparaître à ma fantaisie l'inégalité des conditions. Ma suprême gloire et mon plus grand miracle sont de rendre semblables aux plus doctes lyres, les rustiques chalumeaux. Si ma mère, qui se courrouce de me voir errer dans les bois, ignore cela, elle est aveugle, et non pas moi, à qui le vulgaire peu clairvoyant met à tort un bandeau sur les yeux.

ACTE PREMIER

—

SCÈNE PREMIÈRE

DAPHNÉ, SYLVIE.

DAPHNÉ.

Te plaira-t-il donc, Sylvie, de passer ainsi ta jeunesse loin des plaisirs de l'amour? N'entendras-tu jamais prononcer le doux nom de mère ? Ne verras-tu jamais autour de toi tes jeunes enfants folâtrer gracieusement ? Ah ! change de conduite, change, je t'en prie, je te le conseille, petite folle que tu es.

SYLVIE.

Que d'autres savourent les joies de l'amour « si toutefois on en peut goûter en aimant » : cette existence me séduit; j'ai du plaisir à prendre soin de mon arc et de mes traits; à poursuivre les bêtes fauves lorsqu'elles fuient devant moi, à les terrasser quand elles résistent; et tant qu'il y aura des flèches dans mon carquois et des animaux dans les forêts, les divertissements ne me manqueront point.

DAPHNÉ.

Fades distractions, vraiment, et vie insipide; elle n'aurait pas pour toi tant d'attraits si tu avais essayé de l'autre. Ainsi les premiers habitants du monde encore simple et enfant, regardaient comme un doux breuvage et comme une nourriture agréable, l'eau et le gland; mais depuis qu'ils ont été remplacés par le grain et les raisins, les animaux seuls en font leur boisson et leur pâture. Peut-être, si tu avais éprouvé, ne fût-ce qu'une fois, la millième partie des joies dont une mutuelle passion inonde les cœurs, tu dirais en soupirant : Oui, sans doute, il est perdu tout le temps que l'on ne dépense pas à aimer. O mon printemps envolé, que de nuits vides, que de jours solitaires consumés en vain, quand j'aurais pu les consacrer à ces plaisirs rendus par un fréquent usage, plus séduisants encore! Change de conduite, change, je te le conseille, petite folle, car un tardif regret ne sert à rien.

SYLVIE.

Avant que le repentir m'arrache des soupirs et mette dans ma bouche ces paroles que tu te plais en ce moment à rendre séduisantes, on verra les fleuves remonter vers leurs sources, les loups fuieront devant les agneaux, le lévrier craindra le lièvre timide, l'ours aimera la mer et le dauphin les Alpes.

DAPHNÉ.

Je connais la mutine jeunesse : telle tu es, telle je

fus; j'avais ta taille et ton frais visage, comme la tienne ma chevelure était blonde, ma bouche vermeille; les roses aussi se mêlaient aux lys sur mes joues replètes et délicates. Ma passion favorite, « j'en reconnais maintenant la folie », était de tendre des rets, d'engluer les lacs, d'aiguiser mes traits, d'épier les traces des bêtes fauves et de chercher à découvrir leur tanière, et si parfois un amant passionné fixait sur moi ses yeux, je baissais les miens, rude et sauvage, pleine de dépit et de honte. Ma grâce alors me désobligeait et j'avais en horreur ces charmes dont les autres faisaient tant de cas: comme si j'eusse été coupable, je me sentais honteuse et humiliée d'être regardée, aimée et désirée. Mais que ne peut le temps? Que n'obtiennent pas les services, le mérite et les prières d'un fidèle et importun amant? Je fus vaincue, je te le confesse, et les armes du vainqueur furent l'humilité, la souffrance, les pleurs, les soupirs et la juste demande d'un salaire. L'ombre d'une courte nuit me fit voir ce que le long cours et la lumière de mille jours ne m'avaient point montré. Je me reprochai alors mon aveugle simplicité, et en soupirant je dis à Diane : Voici ta corne et ton arc, je te les rends, car je ne puis désormais partager tes plaisirs. De même aussi, je l'espère, Aminte un jour viendra à bout de ton humeur farouche et attendrira ce cœur de fer et de roche. Peut-être n'est-il pas beau? ou te dédaigne-t-il? N'est-il pas aimé d'une autre bergère? Te laisse-t-il de côté par amour pour une rivale, ou par haine pour toi? Te cède-t-il en noblesse? Si tu es fille de Cydippe, dont le dieu de ce noble fleuve fut le père, il est fils de Sylvain, qui eut pour ancêtre Pan, le grand dieu des bergers. Elle n'est pas moins belle que toi, la jeune Amaryllis, « et tu en jugeras si tu te contemples jamais dans le miroir de quelque fontaine; » cependant il dédaigne ses douces caresses et préfère tes outrageants mépris. Et si « Dieu veuille que ce ne soit point une réalité ! » méprisé par toi, il trouvait enfin des charmes à celle dont l'affection lui est connue, ta résolution ne t'abandonnerait-elle pas? Le verrais-tu sans regret devenu l'amant d'une autre, goûter le bonheur dans les bras d'une rivale et te poursuivre de ses railleries?

SYLVIE.

Aminte peut faire de lui et de ses amours ce que bon lui semble ; c'est le moindre de mes soins : et du moment où il ne sera pas mon amant, peu m'importe son choix ; il ne peut d'ailleurs être à moi sans mon consentement, et quand même il m'appartiendrait, je ne serais point à lui.

DAPHNÉ.

D'où vient ta haine?

SYLVIE.

De son amour.

DAPHNÉ.

Aimable père d'un fils cruel! Mais quand jamais les doux agneaux ont-ils donné le jour aux tigres?

ou les cygnes gracieux aux corbeaux? Ou tu me trompes, ou te fais illusion.

SYLVIE.

Je hais son amour qui blesse ma pudeur; et j'ai eu pour lui de l'amitié tant que ses désirs ont été conformes à mes volontés.

DAPHNÉ.

Tu voulais ton malheur. Aminte, au contraire, n'avait en vue que ton bonheur et le sien.

SYLVIE.

Daphné, tais-toi, ou parle d'autre chose, si tu veux une réponse.

DAPHNÉ.

Singulière façon d'agir; réponds, du moins, altière jeune fille. Un autre amant trouverait-il près de toi le même accueil?

SYLVIE.

Je n'en ferais point d'autre à tous ceux qui voudraient abuser de mon innocence; car ce que tu nommes un amant est pour moi un ennemi.

DAPHNÉ.

Penses-tu donc que le bélier soit l'ennemi de la brebis, le taureau de la génisse? Fais-tu du pigeon l'ennemi de la tourterelle? Considères-tu comme une saison de haine et de colère le doux printemps, qui maintenant, joyeux et souriant, engage à aimer la nature entière, et les animaux, et les hommes et les femmes? Ne t'aperçois-tu point que tout ici-bas respire un amour plein de joie et de santé? Regarde avec quel doux murmure cette colombe baise sa compagne : écoute ce rossignol qui voltige de branche en branche en chantant : j'aime! j'aime!

et si tu l'ignores, la vipère, maintenant, laisse de côté son venin et recherche avidement le serpent : les tigres font l'amour : il aime aussi, le lion superbe, et toi seule, plus orgueilleuse que les bêtes féroces, tu demeures insensible. Mais que dis-je, les lions, les tigres et les serpents sont accessibles à l'amour? Les arbres aussi aiment. Vois plutôt avec quelle affection et quels embrassements la vigne s'enroule autour de son époux ; le sapin aime le sapin, le pin aime le pin, l'orme est fait pour l'orme, le saule pour le saule, et l'un pour l'autre les hêtres brûlent et soupirent. Ce chêne, si sauvage en apparence sous sa rude écorce, subit aussi l'influence de l'amoureuse flamme ; et si tu connaissais l'amour, si ton cœur y était sensible, tu comprendrais ses muets soupirs. Veux-tu donc être moins que les plantes, pour ne pas aimer ? Change, change de conduite, je te le conseille, petite folle.

SYLVIE.

Allons, quand j'entendrai les soupirs des plantes, je pourrai consentir à aimer.

DAPHNÉ.

Tu te railles de mes sages conseils, et tu tournes en dérision mes discours. Oh! sourde et insensée en amour! mais il viendra le temps où tu te repentiras de ne pas les avoir suivis. Je ne parle pas de cette heure où tu fuiras les fontaines, dans lesquelles maintenant tu te plais à contempler ta beauté, par crainte seulement de t'y voir laide et ridée, car ton tour viendra. Je ne borne cependant pas là mes prédictions; bien que ce soit en effet un cruel malheur, c'est la commune destinée. Ne te souvient-il pas de ce que l'autre jour Elpin, le sage Elpin, racontait à la belle Lycoris; cette Lycoris, dont le regard eut sur lui tout l'empire que ses chants devraient avoir sur elle, si le *devoir* était quelque chose en amour? C'était dans l'antre de l'aurore, où l'on voit écrit sur la porte : « Loin d'ici, ah! loin d'ici, profanes! » en présence de Battus et de Tircis, grands maîtres d'amour. Il répétait les propos de ce poëte fameux qui chanta les armes et les amours, et lui légua en mourant ses chalumeaux : « Que là-bas aux enfers est une noire caverne, d'où s'exhale des sombres fournaises de l'Achéron, une fumée pleine de puanteur, séjour réservé aux femmes ingrates et insensibles, dont le châtiment est d'y pleurer pour l'éternité, au milieu des ténèbres. » C'est là, sois en certaine, que te conduira ta cruauté. Il est juste et convenable, en effet, que la fumée arrache sans trêve des pleurs à ces yeux d'où n'en put tirer jamais la compassion. Marche, marche dans cette voie, fille obstinée!

SYLVIE.

Mais que fit alors Lycoris? et que répondit-elle?

DAPHNÉ.

Tu ne t'occupes point de tes propres affaires, et tu veux connaître celles des autres? Un regard fut sa réponse.

SYLVIE.

Comment parvint-elle à se faire comprendre d'un regard?

DAPHNÉ.

Un doux sourire de ses beaux yeux dit à Elpin : Ce cœur et nous, sommes à toi ; là doivent se borner tes désirs, Lycoris ne peut te donner davantage. Et cela seul suffirait pour contenter un chaste amant, s'il croyait ces yeux aussi vrais que beaux, et s'il avait en eux une foi entière.

SYLVIE.

Quel motif avait Elpin de n'y pas croire ?

DAPHNÉ.

Ignores-tu donc ce que Tircis écrivit à ce sujet, alors que, brûlant d'un amour insensé, il errait au hasard dans les forêts, excitant en même temps la compassion et les risées des nymphes gracieuses et des bergers? Si ses actions prêtaient à rire, il n'en était pas de même de ses vers. Il l'a gravé sur l'écorce de mille arbres, et avec les arbres, les vers ont grandi; en voici que je lus sur l'un d'eux : « Trompeurs miroirs de l'âme, infidèles yeux, je démêle aisément vos ruses ; mais à quoi bon, si l'amour m'empêche de les fuir ?

SYLVIE.

Je passe ici mon temps à babiller, et j'oublie qu'aujourd'hui nous devons chasser dans le bois d'yeuses. Si tu veux, attends qu'auparavant j'aille déposer dans la fontaine où j'ai coutume de me rafraîchir, la sueur et la poussière dont je me couvris hier, en suivant dans ma chasse une daine rapide, que je finis par atteindre et par tuer.

DAPHNÉ.

J'attendrai, et peut-être me baignerai-je avec toi; mais je vais d'abord aller chez moi, car l'heure n'est pas si avancée qu'il te le semble. Rentre donc aussi dans ta demeure, et en attendant mon retour, réfléchis à mes paroles, elles ont plus d'importance que la chasse et la fontaine; et puisque tu ne sais rien, sois du moins assez sage pour le reconnaître et suis les avis de ceux qui ont plus d'expérience.

SCÈNE II

AMINTE, TIRCIS.

AMINTE.

J'ai vu les rochers et les ondes compatir à ma douleur, à mes plaintes j'ai entendu soupirer le feuillage, mais je n'ai jamais vu et n'espère voir jamais de compassion dans ma belle et cruelle amante. Je ne sais si je dois l'appeler ou femme ou bête féroce; car une femme ne refuserait point sa pitié à qui sut émouvoir les choses inanimées.

TIRCIS.

L'agneau pait l'herbette, le loup fait de l'agneau sa proie ; mais le cruel amour se nourrit de larmes et ne s'en montre jamais rassasié.

AMINTE.

Hélas ! l'amour a désormais assez de mes pleurs, il n'a soif que de mon sang, et je veux que bientôt lui et cette impie en abreuvent leurs regards.

TIRCIS.

Aminte ! que dis-tu ? à quoi songes-tu ? console-toi du moins en pensant qu'une autre te dédommagera des dédains de cette cruelle.

AMINTE.

Ah ! comment songerais-je à une autre dans le

trouble où je suis? je ne m'appartiens plus à moi-même, et une conquête nouvelle serait pour moi sans attraits.

TIRCIS.

Malheureux! ne perds pas courage; sa résistance aura un terme. L'expérience enseigne à l'homme à dompter les lions et les tigres d'Hircanie.

AMINTE.

Un long sursis est pour le misérable au bord de la tombe un trop lourd fardeau.

TIRCIS.

Ton attente ne sera pas longue : la femme se met vite en colère, et promptement aussi elle s'apaise; sa nature est mobile plus que la petite branche agitée par le vent, plus que la cime du flexible épi. Mais donne-moi, je te prie, des renseignements plus précis sur ton amour et sur tes déceptions; tout en me confessant plusieurs fois que tu aimais, tu ne m'as, en effet, jamais fait connaître l'objet de ta passion. Au nom de notre fidèle amitié, au nom des muses, dont la culture nous est commune, découvre-moi ce que tu caches aux autres avec tant de soin.

AMINTE.

Je te dirai volontiers, Tircis, ce que savent déjà les forêts, les montagnes et les fleuves, et que les hommes ignorent. L'heure de ma mort est si proche, que je dois songer à laisser quelqu'un pour en redire la cause, et la graver sur l'écorce d'un hêtre, près du lieu où mon corps sera enseveli. Si le hasard y conduit cette cruelle, elle pourra du moins se réjouir de fouler sous son pied superbe mes restes malheureux, et dire avec orgueil en voyant sa victoire connue de tous les bergers indigènes et étrangers que le sort conduira en ces lieux : Voilà mon triomphe ! Peut-être, « hélas c'est placer trop haut mon espérance ! », un jour viendra où, émue d'une tardive compassion, elle pleurera mort, celui dont elle a abrégé les jours, et s'écriera : Plût au ciel que je l'eusse à mes côtés! Maintenant écoute.

TIRCIS.

Poursuis, car je ne perds pas une de tes paroles, et tu ne te repentiras pas, je l'espère, de m'avoir fait cette confidence.

AMINTE.

J'étais tout jeune, et j'atteignais à peine de ma main enfantine les fruits pendants aux branches courbées des arbrisseaux, quand je devins le confident de la bergère la plus gracieuse et la plus aimable, qui jamais eût déroulé au vent sa chevelure d'or. Tu connais la fille de Cydippe et de Montan, si riche en troupeaux, Sylvie, l'honneur de ces forêts, la reine des cœurs? Hélas! c'est d'elle que je veux parler. Nous vécûmes longtemps si étroitement unis, que jamais on ne vit deux tourterelles s'aimer plus tendrement. Nos maisons étaient voisines, mais nos cœurs étaient encore plus rapprochés : nous étions du même âge, mais il y avait encore plus de conformité dans nos pensées; avec elle je tendais les rets pour prendre les poissons et les oiseaux; je poursuivais avec elle les cerfs et les daines rapides, et nous partagions les plaisirs et le butin. Mais pendant que les animaux tombaient dans mes filets, je me laissai, je ne sais comment, surprendre moi-même. Peu à peu je sentis se développer dans mon cœur, comme une herbe qui germerait d'elle-même, un sentiment dont j'ignorais la provenance et qui me faisait souhaiter de voir à toute heure ma belle Sylvie : ses regards m'enivraient d'une étrange volupté à laquelle venait se mêler une certaine amertume : je soupirais souvent, et j'ignorais la cause de mes soupirs. Ainsi je fus amant avant de savoir ce qu'était l'amour, je finis par le découvrir; écoute maintenant à quelle occasion, et sois attentif.

TIRCIS.

La chose en vaut la peine.

AMINTE.

A l'ombre d'un beau hêtre, Sylvie et Philis se reposaient un jour, et j'étais avec elles; quand une abeille ingénieuse, qui s'en allait butinant le miel au milieu des prés fleuris, venant à voltiger autour de Philis et trompée par l'apparence de ces joues vermeilles comme une rose, qu'elle prit sans doute pour une fleur, les piqua avidement à plusieurs reprises. Cette dernière, rendue impatiente par la douleur aiguë de la piqûre, commence à jeter de hauts cris. « Tais-toi, tais-toi, lui dit alors ma belle Sylvie, sèche tes pleurs, Philis, quelques mots magiques calmeront la douleur de ta légère blessure. Jadis la sage Artésie m'enseigna ce secret, et je lui donnai en échange ma corne d'ivoire incrustée d'or. » En parlant ainsi, elle approcha sa bouche si belle et si gracieuse de la joue blessée, et murmura tout bas je ne sais quels vers. O prodige! l'autre aussitôt sent s'évanouir la douleur; soit que ce fut l'effet de ces paroles magiques, ou comme je le crois, la vertu de ces lèvres qui guérissent tout ce qu'elles touchent.

Jusqu'à ce moment, je m'étais contenté de savourer le suave éclat de ses beaux yeux et d'entendre le son de sa voix, plus doux que le murmure d'un lent ruisseau dont un lit de cailloux interrompt le cours, ou que le gazouillement du zéphyr dans le feuillage, mais je sentis alors dans mon cœur naître le désir d'approcher mes lèvres des siennes, et devenant sans savoir comment, plus rusé que de coutume « vois comme l'amour aiguise l'intelligence, » j'eus recours, pour atteindre le but que je m'étais proposé, à une innocente supercherie; je feignis d'avoir été piqué par une abeille à la lèvre inférieure, et je me lamentai si fort, que ma mine implorait ce remède que ma langue n'osait demander. La simple Sylvie, sensible à ma douleur, s'offrit à guérir ma feinte blessure, et sa bouche en touchant la mienne, rendit hélas ! plus profonde et plus mortelle la plaie de mon cœur. Je recueillis alors sur ces fraîches roses un miel si doux, que l'abeille ne saurait exprimer des fleurs un suc plus exquis; la crainte et la honte cependant mirent un frein aux ardents baisers que j'étais prêt à lui dérober, et les rendirent moins empressés et moins audacieux. Mais cette perfide ivresse des sens avait pour moi tant de charmes, que je fis semblant de souffrir encore de ma piqûre, et je m'y pris si adroitement que plusieurs fois Sylvie fut obligée de recourir à son enchantement. Depuis lors j'ai vu croître tellement mon impatience et mes désirs, qu'ils ont fini par déborder de mon cœur incapable de les contenir; un jour donc que nous étions assis en cercle, nymphes et bergers, nous livrant à nos jeux ordinaires, comme chacun murmurait un secret à l'oreille de son voisin : Sylvie, lui dis-je, je brûle d'amour pour toi, et certes j'en mourrai si tu ne viens à mon aide. Mes paroles lui firent baisser les yeux, et son charmant visage se couvrit d'une rougeur subite et inaccoutumée, indice de sa honte et de sa colère : un silence plein de trouble et de dures menaces fut sa seule réponse. Puis elle se leva et ne voulut plus ni me voir ni m'entendre. Et déjà trois fois le nu moissonneur a fauché les épis, et autant de fois l'hiver a secoué la verte chevelure des bois; à part mon trépas, j'ai tout mis en œuvre pour l'apaiser. Ma mort seule peut donc désormais mettre un terme à sa colère, et je mourrais content si j'avais la certitude qu'elle en eût ou du plaisir ou du regret. Je ne sais de ces deux sentiments lequel je préfère. La compassion serait une récompense plus digne de ma fidélité, un plus précieux hommage rendu à ma mémoire : mais je ne dois rien souhaiter qui puisse ternir l'éclat doux et serein de ces yeux si chers, et affliger ce noble cœur.

TIRCIS.

Pourrait-elle rester insensible, si quelque jour elle entendait de telles paroles ?

AMINTE.

Je ne sais, et je ne le crois pas ; mais elle évite un entretien avec autant de soin que l'aspic fuit l'enchantement.

TIRCIS.

Je l'amènerai à t'écouter, j'en ai la certitude ; partage donc ma confiance.

AMINTE.

Tu n'obtiendras rien, ou si elle consent à m'entendre, mes discours seront superflus.

TIRCIS.

Pourquoi désespérer ainsi?

AMINTE.

Je ne m'afflige pas sans raison; le sage Mopsus m'a prédit jadis ma cruelle aventure; Mopsus qui entend le langage des oiseaux et connaît la vertu des herbes et des fontaines.

TIRCIS.

De quel Mopsus parles-tu? de ce Mopsus dont les paroles sont si mielleuses, qui, sous un sourire engageant, voile sa perfidie et vous tient le rasoir sous le menton? Allons, ne perds pas tout espoir, car les pronostics d'infortune et de malheur qu'il vend aux gens mal avisés, avec son regard sévère, n'ont jamais d'effet; l'expérience me permet de parler ainsi : et ses prédictions, au contraire, me font bien augurer du succès de tes amours.

AMINTE.

Ne me fais point un mystère de ce que tu as éprouvé, si ton récit doit ranimer mon courage.

TIRCIS.

Je t'en ferai part volontiers. Quand, pour la première fois, le hasard me conduisit dans ces forêts, je connus Mopsus et j'avais de lui l'opinion que tu en as aujourd'hui. Un jour cependant, poussé par la curiosité et par un besoin urgent, je résolus de voir la grande cité dont les murs s'élèvent sur la rive du fleuve, je lui en parlai, et il me répondit en ces termes : Tu vas dans la grande ville où les citadins pleins d'astuce et de ruse et les courtisans malveillants se moquent des villageois imprudents et abusent de leur bonne foi, aussi, mon fils, je t'engage à ne pas t'approcher trop des endroits où tu verras des étoffes de nuances diverses ou brodées d'or, des plumets, des devises et des modes nouvelles ; mais surtout crains qu'un mauvais destin ou une curiosité naturelle à ton âge ne te conduise vers ce palais où tout n'est que mensonge. Ah ! fuis ce logement enchanté. Quelles particularités offre ce séjour ? lui demandai-je. Là, me dit-il, habitent des magiciens qui, par leurs enchantements, troublent la vue et l'ouïe. Le verre et le cuivre y ont l'apparence de diamant et d'or fin, et ces coffres d'argent, que l'on croirait renfermer un trésor, sont des cabas pleins de vessies percées. Les murs y sont bâtis avec tant d'art, qu'ils parlent et répondent à ceux qui les interrogent ; et loin de s'interrompre comme a coutume de le faire l'écho dans nos forêts, ils répètent des phrases entières et ajoutent même des mots que l'on n'a pas prononcés. Les trépieds, les tables, les bancs, les siéges, les bois de lit, les rideaux et les meubles de chambre à coucher et de salle, ont tous une voix et un langage, et ne cessent de crier. Là, les baliverncs, sous une forme enfantine, courent et folâtrent, et si un muet y entrait, il babillerait malgré lui. C'est encore cependant le moindre des périls auxquels tu sois exposé ; tu pourrais à l'instant être changé en saule, en bête féroce, en eau ou en feu ; eau de larmes et feu de soupirs. Mon destin propice me conduisit près de l'heureux séjour. A l'intérieur retentissaient des voix harmonieuses et douces de cygnes, de nymphes et de sirènes, de sirènes célestes ; des sons suaves et clairs arrivaient jusqu'à moi et je demeurai longtemps à cette place, tout surpris, plein de ravissement et d'admiration. Un homme, dont le maintien dénotait la noblesse et la puissance, se tenait sur le seuil et semblait préposé à la garde de ces merveilles, et d'après ce que j'entendis je ne pus connaître s'il était le chef de ces lieux ou un simple chevalier ; car d'un air bienveillant et grave et avec une extrême courtoisie, il m'invita à entrer, lui si grand et si vanté, malgré l'humilité de ma condition. Je ne saurais redire tout ce que je pus alors entendre et admirer ! je vis des déesses célestes, des nymphes gracieuses et belles, dépouillées de leurs voiles, brillant d'un tel éclat, que la vierge Aurore ne se montre pas plus grande aux Immortels, lorsque l'or et largent tombent en rosée de ses rayons étincelants et qu'elle prodigue autour d'elle sa lumière féconde; je vis Phœbus et les Muses, et au milieu d'elles Elpin était assis; en ce moment je me sentis grandir, pénétré d'une vertu nouvelle et d'un souffle jusqu'alors inconnu, plein de dédain pour le rude vers pastoral, je chantai la guerre et les héros. Depuis, la volonté d'un maître m'a rappelé dans nos forêts, mais cette inspiration ne m'a point encore complétement abandonné; les sons de ma flûte sont devenus moins humbles, et plus altière et plus sonore, digne émule des trompettes, elle fait retentir les bois. Mopsus, peu de temps après, m'entendit et d'un méchant regard me fascina. Ma voix devint rauque, et longtemps je dus garder le silence; les bergers croyaient que j'avais été regardé par un loup; le loup, c'était lui. Je t'ai fait ce récit afin que tu saches combien peu ses paroles sont dignes de foi, et que tu aies bon espoir pour ce motif seul qu'il te défend d'espérer.

AMINTE.

Tes paroles m'enchantent, et je te confie le soin de ma vie.

TIRCIS.

Sois sans crainte, et attends-moi ici; dans une demi-heure je serai de retour.

LE CHŒUR.

Qu'il était beau l'âge d'or, ce n'est pas parce que les fleuves étaient de lait, que les arbres distillaient le miel, que la terre sans le secours de la charrue produisait les moissons, que les serpents erraient sans colère et sans venin; ce n'est pas parce que de sombres nuages ne déployaient point leurs voiles, qu'un printemps éternel qui maintenant tantôt s'embrase, tantôt se glace de froid, rendait le ciel brillant de lumière et de clarté, et que le pin, devenu depuis voyageur, ne portait point à d'autres rivages le commerce ou la guerre, mais cette source d'abus et d'erreurs, l'honneur, ce vain mot, « cruel tyran de la nature humaine », prononcé plus tard sans besoin par un vulgaire insensé, ne mêlait point encore sa contrainte aux joyeux plaisirs de l'amoureux troupeau. Ces âmes accoutumées à la liberté ignoraient sa dure loi, et celle qu'ils suivaient, gravée par la nature : « Agis à ta guise », leur procurait la joie et le bonheur. Alors parmi les fleurs, les jeunes amours, sans arcs et sans flambeaux, faisaient des rondes joyeuses. Assis côte à côte, les bergers et les nymphes interrompaient leurs récits par des caresses, par de mutuelles confidences, et les confidences par de tendres baisers. La jeune fille laissait à découvert les fraîches roses, que maintenant elle cache sous un voile, et sa gorge gracieuse à peine développée, et souvent l'on voyait dans la fontaine ou dans le lac, l'amante folâtrer avec l'amant. Toi le premier, honneur, tu as voilé la source des plaisirs en refusant l'eau à la soif amoureuse. Tu as enseigné aux beaux yeux à se tenir toujours baissés et à nous dérober leur éclat : tu as recueilli dans un filet les cheveux qui flottaient au vent; tu as interdit les manières lascives; aux discours tu as imposé un frein, à la démarche un art. Toi seul, honneur, as pu faire un larcin de ce qui jadis était un don de l'amour. Nos peines et nos pleurs sont ton ouvrage. Mais toi, seigneur de l'amour et de la nature, maître des rois, que fais-tu dans nos chaumières, incapables de contenir ta grandeur? Va troubler le sommeil des grands et des puissants, laisse-nous, humble et vil troupeau, vivre sans toi dans les coutumes des antiques nations. Aimons, car la vie humain en'a point de trêve, et les années fuient avec rapidité. Aimons, car si le soleil meurt pour renaître ensuite, quand sa courte lumière se cache à nos yeux, nous nous endormons dans une nuit éternelle.

ACTE II

SCÈNE PREMIÈRE.

SATYRE, seul.

L'abeille est petite, et sa piqûre, presque imperceptible, cause cependant des douleurs vives et insupportables; mais qu'y a-t-il de moins volumineux que l'amour? La moindre place lui suffit et il se cache dans l'espace le plus restreint. Tantôt à l'ombre des paupières, tantôt parmi les minces filets d'une blonde chevelure, tantôt dans les fossettes que forme sur une belle joue un doux sourire; les blessures en sont-elles pour cela moins dangereuses, moins mortelles et moins incurables? Hélas! mon cœur n'est que plaie et sang ; et le cruel amour a dans les yeux de Sylvie, mille traits. Cruel amour! Bergère insensible et plus sauvage que les forêts! comme il te convenait bien ce nom! et comme il fut clairvoyant celui qui te l'a donné! Les forêts abritent sous leur verdure des serpents, des lions et des ours, et toi dans ton cœur tu recèles la haine, le dédain et la cruauté, bêtes féroces plus redoutables que les serpents, les lions et les ours, car on peut dompter ceux-ci, et ceux-là ne se laissent fléchir ni par des prières ni par des présents. Hélas! quand je te porte les fleurs nouvelles, tu les refuses avec dédain; celles de ton frais visage ont plus d'éclat sans doute. Quand je te présente les pommes gracieuses, tu les méprises et les rejettes, car elles sont plus belles, celles de ton beau sein. Quand je t'offre le doux miel, tu le repousses avec dépit, peut-être est-il plus doux encore, celui que distillent tes lèvres. Mais si ma pauvreté ne peut te donner rien qui ne soit en toi plus rare et plus exquis, accepte du moins ma personne. Seras-tu donc assez injuste pour railler encore ce présent et l'avoir en horréur? Je ne suis point à mépriser; si je ne me suis pas fait illusion en me mirant l'autre jour dans l'eau de la mer, alors que les vents étaient tombés et que nulle vague n'agitait sa surface. Mon teint coloré, mes larges épaules, mes bras charnus et nerveux, et cette poitrine soyeuse, et ces cuisses velues, sont l'indice de la virilité et de la force : si tu en doutes, mets moi à l'épreuve. Que penses-tu obtenir de ces enfants dont les joues sont à peine couvertes d'un duvet naissant, et qui mettent tout leur soin à disposer avec art leur chevelure? ce sont des femmes pour l'extérieur et pour la force. Commande leur donc de te suivre par les forêts et par les monts, de te défendre des ours et des sangliers. Je ne suis pas laid, non; et ce n'est pas ma figure que tu repousses, mais ma pauvreté. Hélas! les campagnes suivent l'exemple des grandes villes! et ce siècle est vraiment le siècle d'or, puisque l'or seul y peut vaincre et régner. O toi, qui le premier as enseigné à vendre l'amour, que ta cendre ensevelie et tes restes glacés soient maudits; qu'aucune nymphe, qu'aucun berger ne leur dise en passant : « Reposez en paix. » Puissent-ils être au contraire, le jouet de la pluie et des vents; puissent le voyageur et les vils troupeaux les fouler aux pieds. Le premier, tu as ravi à l'amour sa noblesse et rempli d'amertume ses douces jouissances. L'amour vénal, l'amour esclave de l'or, est le monstre le plus hideux, le plus abject que produise la terre ou la mer dans le sein des ondes. Mais pourquoi me lamenter en vain? Chacun emploie les armes que la nature a mises à sa disposition. Le cerf a recours à la fuite, le lion a ses griffes, le sanglier ses défenses : la beauté et la grâce sont les armes de la femme et font sa puissance. Pourquoi donc hésiterai-je à faire usage de cette force dont la nature a bien voulu me douer? Je ravirai à cette ingrate ce qu'elle refuse à mon amour. Si je dois en croire un chevrier qui a observé ses allures, elle va souvent se rafraîchir à une fontaine dont il m'a indiqué la place. J'ai le dessein de m'y embusquer au milieu des buissons et des arbustes et d'attendre sa venue; quand je croirai l'instan propice, je m'élancerai sur elle. A quoi servira à une faible jeune fille, la fuite ou la résistance, contre moi si leste et si fort? Qu'elle pleure, qu'elle soupire et mette en œuvre tous les efforts de la compassion et de la beauté. Car si je peux une fois tenir dans cette main une tresse de ses cheveux, elle ne partira point que je n'aie d'abord satisfait ma vengeance.

SCÈNE II.

DAPHNÉ, TIRCIS.

DAPHNÉ.

Comme je te l'ai dit, Tircis, la passion d'Aminte pour Sylvie ne m'avait point échappé, et Dieu sait si j'ai favorisé son amour et si je suis prête à le favoriser encore, d'autant plus volontiers maintenant, que tu sembles le désirer. Mais j'entreprendrais plutôt de dompter un taureau, un ours, un tigre, que de persuader une simple jeune fille aussi sotte que belle, qui ne sait pas encore combien sont redoutables les armes de sa beauté, et, tout en riant et en pleurant, assassine un amant sans même savoir qu'elle le frappe.

TIRCIS.

Mais la plus naïve jeune fille n'apprend-elle pas dès l'enfance l'art de paraître belle et de plaire, de rendre ses charmes meurtriers? Ne sait-elle pas mesurer ses coups, les rendre mortels, et ignore-t-elle les moyens de guérir un amant et de le rappeler à la vie?

DAPHNÉ.

Qui enseigne un art si difficile?

TIRCIS.

Tu feins de l'ignorer et tu veux m'éprouver. C'est celui qui apprend aux oiseaux à chanter et à voler, aux poissons à nager, aux béliers à cosser, au taureau à se servir de ses cornes et au paon à déplover la pompe de ses plumes aux mille yeux.

DAPHNÉ.

Le nom de ce grand maître ?

TIRCIS.

Il se nomme Daphné.

DAPHNÉ.

Flatteur.

TIRCIS.

Pourquoi? n'es-tu pas capable de dresser mille jeunes filles? bien qu'à dire vrai elles n'aient pas besoin de maître. La première maîtresse est la nature; mais la mère et la nourrice exercent aussi une certaine influence.

DAPHNÉ.

En somme, tu es railleur et méchant. Je ne pourrais d'ailleurs affirmer que Sylvie soit aussi simple que semblent l'indiquer ses paroles et ses actions. Je surpris hier une chose qui m'en fit douter. Je la rencontrai là-bas près de la ville, dans ces vastes prairies, où se trouve au milieu des marais une petite île, elle était penchée sur l'eau limpide et tranquille, dans laquelle elle avait l'air de se contempler avec plaisir, et semblait demander aux ondes de quelle façon elle devait disposer sur son front ses cheveux et son voile, et sur son voile les fleurs qu'elle tenait sur son sein; tantôt elle prenait un troëne, tantôt une rose, qu'elle approchait de son cou de cygne, de ses joues vermeilles; elle comparaît les couleurs; puis la joie du triomphe faisait étinceler dans ses yeux un sourire qui semblait dire: Je l'emporte sur vous, et vous ne pouvez me servir d'ornement, je veux seulement vous faire honte et montrer de combien vous m'êtes inférieur. Tandis qu'elle se paraît et s'admirait, elle tourna par hasard la tête, et, voyant que je l'observais, elle se redressa aussitôt toute honteuse, laissant tomber les fleurs, et plus je riais de sa confusion, plus elle rougissait ; cependant, comme une partie seulement de ses cheveux était en ordre, et les autres encore épars, une ou deux fois ses yeux recoururent à la fontaine conseillère, où elle se contempla, pour ainsi dire, à la dérobée, craignant que je ne surprisse son regard; elle n'avait aucune parure et fut satisfaite de se trouver belle dans ce négligé. Je le vis bien et je me gardai d'en rien dire.

TIRCIS.

Je ne m'étais point fait une autre idée sur son compte. N'ai-je pas rencontré juste?

DAPHNÉ.

Tu ne t'es pas trompé. Mais jadis les bergères et les nymphes n'étaient point, dit-on, si avisées, je ne me comportais pas ainsi dans ma jeunesse. Le monde vieillit et devient mauvais avec l'âge.

TIRCIS.

Alors peut-être les habitants des villes fréquentaient moins nos forêts et nos champs; et moins souvent aussi nos jolies villageoises allaient à la ville. Maintenant les races et les usages sont mélangés. Mais laissons de côté ces discours. Ne pourras-tu obtenir de Sylvie qu'elle consente un jour à écouter Aminte, ou seule, ou du moins en ta présence?

DAPHNÉ.

Je ne sais, Sylvie est bien obstinée.

TIRCIS.

Et Aminte trop respectueux.

DAPHNÉ.

Un amant timide est perdu. S'il ne veut pas

changer, conseille-lui d'entreprendre un autre métier. Il faut laisser de côté le respect, quand on veut se mêler d'être amoureux. On doit être audacieux, demander, solliciter, importuner, dérober enfin, et, si cela ne suffit pas, prendre de force. Ne connais-tu pas le caractère de la femme? Elle fuit, et tout en fuyant elle veut qu'on l'atteigne ; elle refuse ce qu'elle voudrait se voir ravir ; elle combat, et désire succomber dans la lutte. Tu le vois, Tircis, je te parle avec une entière franchise : garde-toi de répéter mes discours et surtout n'en fais pas le sujet de tes vers. Je n'aurais pas besoin pour te châtier de recourir aux rimes.

TIRCIS.

Tu n'as nul motif de soupçonner que je parle jamais contre ton gré. Mais je t'en prie, ô ma Daphné, par la douce mémoire de ta fraîche jeunesse, aide-moi à arracher au désespoir le malheureux Aminte.

DAPHNÉ.

Oh! quelle puissante prière a imaginé ce sot, de

me rappeler ma jeunesse, le bonheur passé et l'ennui présent ! Mais que dois-je faire ?

TIRCIS.

Tu ne manques ni de savoir ni de ressources. Il me suffit de te gagner à sa cause.

DAPHNÉ.

Eh bien, je vais te faire une confidence. Nous devons bientôt aller, Sylvie et moi, à la fontaine de Diane, là où ce platane, dont le doux ombrage invite au repos les nymphes chasseresses, couvre de ses rameaux les eaux limpides. Je suis certaine qu'elle se débarrassera de ses voiles afin de pouvoir y rafraîchir ses membres gracieux.

TIRCIS.

Mais où veux-tu en venir ?

DAPHNÉ.

Où je veux en venir, être borné? Si tu as du bon sens, cela doit te suffire.

TIRCIS.

Je saisis; mais je ne sais si Aminte aura tant de hardiesse.

DAPHNÉ.

S'il ne l'a pas, qu'il se tienne en repos et attende qu'une autre vienne le chercher.

TIRCIS.

Certes, il le mérite bien.

DAPHNÉ.

Mais parlons un peu de toi? Allons, Tircis, seras-tu toujours insensible? Tu es jeune encore et tu ne passes pas de quatre années ton cinquième lustre, si mes souvenirs ne me trompent pas. Veux-tu donc couler tes jours dans l'indifférence et l'ennui? Les joies du cœur seules rendent l'homme heureux.

TIRCIS.

Celui qui résiste à l'amour ne renonce pas pour cela aux plaisirs de Vénus; il en savoure au contraire les jouissances, et n'en connaît point les tourments.

DAPHNÉ.

On est bien vite las des plaisirs auxquels ne viennent pas se mêler quelques soucis.

TIRCIS.

Mieux vaut se rassasier que d'endurer toujours les tortures de la faim.

DAPHNÉ.

Mais non, si nous avons de quoi l'assouvir, si le mets nous semble exquis, et si les jouissances ne font qu'irriter nos désirs.

TIRCIS.

Quel homme peut se flatter de trouver toujours prêt à sa fantaisie ce qu'il souhaite le plus?

DAPHNÉ.

Le bonheur vient-il sans qu'on le cherche?

TIRCIS.

Il est dangereux de chercher un bien dont la possession est agréable, il est vrai, mais dont la privation cause des tourments beaucoup plus grands. Aussi Tircis n'aimera-t-il plus, qu'amour de son royaume n'ait d'abord banni les pleurs et les soupirs. J'ai déjà assez pleuré et soupiré : que d'autres aient leur tour maintenant.

DAPHNÉ.

Les plaisirs que tu as goûtés ne devraient cependant pas te suffire.

TIRCIS.

Je ne désire point en goûter d'autres, s'il faut les payer si cher.

DAPHNÉ.

Tu aimeras malgré toi si tu veux résister à l'amour.

TIRCIS.

J'éviterai le péril en ne le bravant pas.

DAPHNÉ.

Est-on jamais à l'abri des traits de l'amour?

TIRCIS.

Assurément : en les redoutant et en les évitant.

DAPHNÉ.

Que sert de le fuir, puisqu'il a des ailes?

TIRCIS.

Elles sont courtes, les ailes d'un amour naissant; il peut à peine les tenir élevées et ne s'en sert point pour voler.

DAPHNÉ.

Aussi, passe-t-il d'abord inaperçu, et quand l'homme le découvre, il est déjà grand et pourvu d'ailes.

TIRCIS.

D'accord, s'il le voit naître pour la première fois.

DAPHNÉ.

Nous verrons, Tircis, si tu songeras toujours à la fuite, comme tu le dis. Mais je te proteste, à toi qui fais le batteur d'estrade et le loup cervier, que le jour où tu imploreras mon assistance, je ne ferai pas un pas pour te secourir, je ne prononcerai pas une parole, je ne remuerai pas un doigt, pas une paupière seulement.

TIRCIS.

Cruelle; aurais-tu le courage de me voir périr? Si tu veux me voir sensible, ne sois pas indifférente : aimons-nous mutuellement.

DAPHNÉ.

Tu me railles, et peut-être tu ne mérites pas une semblable maîtresse. Hélas! que d'amants se laissent tromper par un visage frais et sans rides!

TIRCIS.

Je ne raille point, non; et tu prends ce prétexte pour refuser mon amour, comme c'est votre habitude, à vous autres femmes. Si tu me dédaignes cependant, je renonce à aimer.

DAPHNÉ.

Vis heureux plus que tu ne l'as jamais été, Tircis, vis dans ce doux repos dont l'amour est le fruit.

TIRCIS.

O Daphné, un Dieu m'a fait ce loisir : car il est un Dieu pour nous, celui dont les nombreux troupeaux de bœufs et de moutons couvrent d'une mer à l'autre les gras pâturages des plus fertiles campagnes et les crêtes sauvages de l'Apennin. « Tircis, me dit-il en me prenant à son service, laisse à d'autres le soin de chasser les loups et les voleurs et de garder mes étables ; de distribuer à mes employés les peines et les récompenses ; de veiller sur mes troupeaux et de les faire paître ; de conserver les laines et le lait et de les dispenser. Consacre tes loisirs à la culture des Muses. » Il est donc bien juste que je laisse de côté le badinage de l'amour terrestre pour chanter les ancêtres de mon immortel protecteur : je ne sais si je dois l'appeler Apollon ou Jupiter ; car ses œuvres et son visage le font ressembler à l'un et l'autre de ces dieux; faible muse pour célébrer une vertu divine. Cependant, que ses sons soient clairs ou rauques, il ne les méprise point : je ne le chante pas, lui que mon silence et ma vénération seuls peuvent dignement honorer; mais toujours ses autels seront parés de mes fleurs, toujours la douce vapeur d'encens odorant s'élèvera vers lui; et alors seulement ce culte pieux et sincère se retirera de mon cœur, quand les cerfs dans les airs se nourriront d'air, quand les fleuves changeant leur lit et leur cours, le Persan boira l'eau de la Saône, le Germain l'eau du Tigre.

DAPHNÉ.

Tu t'élèves! Allons, descends un peu à notre sujet.

TIRCIS.

Voilà l'affaire : cherche à attendrir Sylvie en allant avec elle à la fontaine; de mon côté, je m'efforcerai d'y faire venir Aminte : et certes ma besogne ne sera pas moins rude que la tienne. Va donc.

DAPHNÉ.

Je pars; mais ce n'était pas là, je crois, le sujet de notre entretien.

TIRCIS.

Si la distance me permet de distinguer les traits, voici venir Aminte. C'est lui-même.

SCÈNE III.

AMINTE, TIRCIS.

AMINTE.

Je vais voir ce que Tircis a fait : et s'il n'a rien obtenu, plutôt que de me consumer ainsi, je veux me frapper sous les yeux de ma cruelle maîtresse. Si la blessure dont ses beaux yeux ont traversé mon cœur lui est si odieuse, elle verra sans doute avec plaisir la plaie que ma main va ouvrir dans ma poitrine.

TIRCIS.

Aminte, je t'apporte de consolantes nouvelles ; laisse de côté les soupirs.

AMINTE.

Hélas! que dis-tu? M'apportes-tu la vie ou la mort?

TIRCIS.

Je viens te rendre l'espérance et la vie, si tu oses aller à leur rencontre : mais il faut être homme, Aminte, et montrer du courage.

AMINTE.

Qu'ai-je besoin de courage, et contre qui?

TIRCIS.

Si ton amante était au milieu d'un bois, qui, tout entouré de montagnes escarpées, servît d'asile aux tigres et aux lions, oserais-tu y aller?

AMINTE.

Je m'y rendrais hardi et confiant, plus qu'à la danse d'une fête de village.

TIRCIS.

Et si elle était au milieu de voleurs armés, affronterais-tu le péril?

AMINTE.

J'y volerais plus joyeux et plus prompt que le cerf altéré à la fontaine.

TIRCIS.

Il faut, pour surmonter un obstacle plus sérieux, un plus grand courage.

AMINTE.

Je traverserais les rapides torrents, quand la neige se fond et les envoie gonflés à la mer; je passerais au milieu des flammes, je descendrais même aux enfers si elle s'y trouvait, si toutefois on peut nommer enfer le lieu où l'on rencontrerait un si bel objet. Allons, parle.

TIRCIS.

Écoute.

AMINTE.

Parle vite.

TIRCIS.

Sylvie t'attend près d'une fontaine, seule et nue. Auras-tu le courage d'y aller?

AMINTE.

Que me dis-tu? Sylvie m'attend, nue et seule?

TIRCIS.

Seule, à moins que Daphné, sur laquelle nous pouvons compter, ne l'accompagne.

AMINTE.

Elle m'attend nue?

TIRCIS.

Nue, mais...

AMINTE.

Hélas! que veut dire ce mais? Ton silence m'accable.

TIRCIS.

Mais elle ne sait pas que tu dois t'y rendre.

AMINTE.

Dure conclusion; elle change en tristesse ma joie d'un instant. Avec quel art, cruel, tu me tourmentes? Ne me touves-tu donc pas assez malheureux, pour venir ainsi augmenter mon martyre?

TIRCIS.

Si tu veux suivre mes avis, tu seras heureux.

AMINTE.

Que dois-je faire?

TIRCIS.

Profiter de l'occasion que te fournit un heureux hasard.

AMINTE.

Me préserve le ciel de songer même à lui déplaire! Mon amour seul a pu jusqu'à ce jour lui causer de l'ennui; et encore l'ai-je aimée malgré moi, vaincu par tant d'appas. Je veux donc, autant du moins que je le pourrai, chercher à lui être agréable.

TIRCIS.

Maintenant, réponds-moi : s'il était en ton pouvoir de ne pas l'aimer, consentirais-tu pour lui plaire à renoncer à ta flamme?

AMINTE.

Mon amour ne me permet point de parler ainsi, et je ne saurais m'arrêter à l'idée de ne plus l'aimer, quand même j'en serais le maître.

TIRCIS.

Tu l'aimerais donc malgré elle, même s'il dépendait de toi de n'y plus songer?

AMINTE.

Malgré elle, non; mais je l'aimerais.

TIRCIS.

Ce serait donc sans son consentement?

AMINTE.

Oui, assurément.

TIRCIS.

Pourquoi donc n'oses-tu, sans sa volonté, quitte à l'irriter d'abord, lui ravir un bien que plus tard elle sera contente et heureuse de te voir posséder ?

AMINTE.

Ah ! Tircis, je laisse à l'amour le soin de te répondre, car je ne saurais trouver de paroles pour rendre les sentiments qui m'agitent. La longue habitude de raisonner d'amour t'a rendu trop habile : pour moi, les liens qui enchaînent mon cœur retiennent ma langue.

TIRCIS.

Ainsi, tu n'iras pas?

AMINTE.

Si fait ; mais pas où tu penses.

TIRCIS.

Et où iras-tu?

AMINTE.

A la mort, si tu n'as pas obtenu autre chose en ma faveur.

TIRCIS.

Ceci te semble peu? Crois-tu donc, sot, que Daphné conseillerait une semblable démarche si elle ne lisait en partie dans le cœur de Sylvie? Peut-être même elle est dans la confidence, mais ne veut pas paraître posséder ce secret. Le plus grand déplaisir que tu puisses causer à Sylvie est de rechercher son consentement exprès, ne le vois-tu pas? Qu'est donc devenu ce désir de lui être agréable? Si elle veut que ton bonheur soit un larcin, un vol, et non pas un présent ni une récompense, que t'importe, insensé, la façon dont tu l'obtiendras?

AMINTE.

Puis-je savoir si tel est son désir?

TIRCIS.

Pauvre fou! cet aveu que tu exiges encore, et dont tu devrais te passer, lui coûte et doit justement lui déplaire. Mais as-tu la preuve qu'elle ne le souhaite pas? Et si tu n'y allais point et que j'eusse bien rencontré! Le doute et les risques sont égaux. Ne vaut-il pas mieux succomber avec courage que de mourir en lâche? Tu gardes le silence; tu es vaincu. Allons, confesse ta défaite, et puisse-t-elle être cause d'une plus noble victoire! N'hésite pas.

AMINTE.

Attends.

TIRCIS.

Pourquoi attendre? Ne sais-tu pas que le temps presse?

AMINTE.

Hélas! examinons d'abord s'il est bien d'agir ainsi, et ce que nous avons à faire.

TIRCIS.

En route nous y penserons : mais à force de réfléchir on ne fait rien.

CHŒUR.

En quelle école, amour, apprend-on à aimer? Quel maître enseigne cet art si long et si difficile? Qui peut expliquer ce que l'esprit conçoit aisément, lorsque sur tes ailes il prend son vol vers les cieux? Ce n'est point la docte Athènes, ni le Lycée. Apollon lui-même, sur l'Hélicon, si par hasard il raisonne d'amour, en parle sans enthousiasme : il n'a point ces accents brûlants qui te conviennent et n'élève point sa pensée au niveau de tes mystères. Amour, toi seul es digne d'être ton maître, et seul tu peux écarter l'ombre qui t'environne. Tu enseignes aux esprits les plus grossiers à lire ces admirables choses que de ta propre main tu graves en caractères amoureux dans les yeux de la femme. Tu rends persuasif et éloquent le langage de tes serviteurs; et souvent, « ô étrange et nouvelle éloquence de l'amour! » souvent des discours confus et des paroles sans suite expriment mieux l'émotion et les sentiments du cœur que ne pourrait le faire un langage orné et savant : ton silence même renferme des prières et des paroles. Amour, que d'autres lisent les écrits de Socrate, pour moi je veux apprendre ton art dans deux beaux yeux; et elles ne seront pas de poids, les rimes des plumes les plus savantes à côté de ces vers champêtres que trace une rude main sur une grossière écorce.

ACTE III

SCÈNE PREMIÈRE.

TIRCIS, LE CHŒUR.

TIRCIS.

O cruauté extrême! cœur insensible! femme sans pitié! sexe trois et quatre fois ingrat! Et toi, nature, paresseuse maîtresse, pourquoi as-tu paré l'extérieur et le visage de la femme de tout ce qu'elle possède de gracieux, de doux et d'aimable, et as-tu négligé tout le reste? Malheureux Aminte! sans doute il s'est donné la mort : je ne le vois pas paraître. Depuis trois heures je le cherche dans ces lieux où je l'ai quitté, et j'ai vainement parcouru tout le voisinage sans découvrir la moindre trace de ses pas. Hélas! certainement il s'est tué. Je vais m'en informer auprès de ces bergers que je vois là-bas. Amis, avez-vous vu Aminte, ou appris par hasard de ses nouvelles?

LE CHŒUR.

Tu sembles bien troublé : quelle est la cause de ton souci? Pourquoi es-tu haletant et couvert de sueur? Est-il arrivé quelque malheur? Renseigne-nous.

TIRCIS.

Je tremble pour Aminte. L'avez-vous vu?

LE CHŒUR.

Depuis tantôt que vous êtes partis ensemble, nous ne l'avons point aperçu. Mais que crains-tu pour lui?

TIRCIS.

Qu'il ne se soit tué de sa propre main.

LE CHŒUR.

Tué de sa main! et pourquoi? Quelle serait à ton avis la cause de cette détermination?

TIRCIS.

La haine et l'amour.

LE CHŒUR.

Ce sont deux puissants ennemis; quand ils sont réunis, que ne peuvent-ils pas? Mais parle plus clairement.

TIRCIS.

Son amour pour une nymphe dont il n'est point aimé.

LE CHŒUR.

De grâce, conte-nous l'aventure : cette route est fréquentée, et peut-être pendant le cours de ton récit quelque passant nous apportera de ses nouvelles. Il se pourrait qu'il vînt lui-même.

TIRCIS.

Volontiers, car il serait injuste qu'une si grande et si étrange ingratitude ne fût pas flétrie comme elle le mérite. Aminte savait, « je lui avais, hélas! moi-même fait cette confidence en l'engageant à en profiter : je m'en repens maintenant », que Sylvie devait, avec Daphné, aller se baigner à une fontaine : il s'y rendit donc, anxieux et incertain, obéissant bien plutôt à mes instigations importunes qu'à l'impulsion de son cœur; maintes fois il fut sur le point de rebrousser chemin, et je le poussai en avant malgré sa résistance. Comme nous approchions déjà de la fontaine, les accents plaintifs d'une voix féminine viennent frapper nos oreilles, et presque en même temps nous voyons Daphné qui battait des mains. « Ah! venez vite, s'écrie-t-elle en élevant la voix, dès qu'elle nous aperçoit; on fait violence à Sylvie! » L'amoureux Aminte, à ces mots, bondit comme un léopard, et je le suis. Nous découvrons alors, liée à un arbre, la jeune fille nue comme à sa naissance; ses cheveux servaient à l'attacher et enlaçaient l'arbre de mille nœuds; sa belle ceinture qui, peu d'instants avant, protégeait encore son sein virginal, avait aidé à cette violence et serrait ses deux mains contre le tronc; la plante elle-même avait fourni des liens contre elle, car une hart, faite d'une branche flexible, retenait ses pieds mignons. Tout en face d'elle, un laid satyre terminait ces apprêts. Elle résistait de son mieux : mais à la longue il eût fallu succomber. Pendant que je faisais provision de pierres, Aminte, brandissant un dard, s'élance intrépide comme un lion sur le satyre qui s'enfuit; et comme eette retraite lui en fournit le loisir, il jette un regard plein de convoitise sur ces beaux membres souples et blancs comme du lait. La joie brillait dans ses yeux. Alors, s'approchant doucement : « Belle Sylvie, lui dit-il d'un air soumis, pardonne à cette main si elle est assez audacieuse pour toucher tes membres délicats, une cruelle nécessité l'y contraint, celle de te délivrer de ces entraves. Puisse cette faveur que la fortune daigne lui accorder ne point te déplaire. »

LE CHŒUR.

Un cœur de pierre eût été sensible à ces paroles. Que répondit-elle?

TIRCIS.

Elle garda le silence ; mais, de dépit et de honte, elle baissait les yeux et s'efforçait de dérober aux regards son sein charmant. Aminte alors s'approche d'elle, et tout en déroulant sa blonde chevelure : « Un tronc si rugueux, dit-il, n'était pas digne de supporter de semblables nœuds : quel est donc le privilége des amants, s'il leur faut partager avec les plantes une si précieuse étreinte? Arbre cruel, as-tu bien pu offenser ces beaux cheveux qui te faisaient tant d'honneur? » Puis il délie ses mains avec tant de précaution que tout en le désirant il semblait craindre même de les toucher. Enfin il se baisse pour rompre les harts qui retenaient les jambes de sa maîtresse; mais Sylvie, voyant ses mains libres : « Berger, dit-elle avec dépit, ne me touche pas; j'appartiens à Diane, et je saurai bien sans ton aide me défaire de ces liens. »

LE CHŒUR.

Tant d'orgueil peut-il entrer dans le cœur d'une nymphe? C'était payer d'ingratitude une action aimable.

TIRCIS.

Aminte se retire respectueusement à l'écart, ne levant pas même les yeux pour la contempler; se privant volontairement de ce plaisir pour éviter à son amante la peine de le lui refuser. Je m'étais caché et je voyais et j'entendais tout; je fus alors sur le point de me découvrir : je me retins cependant. Mais voici le plus incroyable. Après s'être déliée avec beaucoup de peine, aussitôt libre, sans dire adieu, elle s'enfuit comme une biche; cependant elle n'avait rien à craindre, ne pouvant douter du respect d'Aminte.

LE CHOEUR.

Pourquoi donc fuyait-elle?

TIRCIS.

Elle préféra devoir plutôt son salut à la fuite qu'au modeste amour de son amant.

LE CHOEUR.

C'est encore de l'ingratitude. Mais qu'a fait alors le malheureux? qu'a-t-il dit?

TIRCIS.

Je ne le sais, car cédant à mon ressentiment, je m'élançai à la poursuite de Sylvie que je comptais atteindre et retenir; ce fut en vain, je perdis sa trace, et à mon retour je n'ai plus trouvé Aminte près de la fontaine où je l'avais laissé; mais je pressens quelque malheur. Il était, je le sais, disposé à mourir avant cet événement.

LE CHŒUR.

C'est la coutume et l'artifice des amants d'annoncer leur trépas; mais rarement cette menace est suivie d'effet.

TIRCIS.

Dieu veuille qu'il ne fasse pas exception!

LE CHŒUR.

Rassure-toi, il n'en sera rien.

TIRCIS.

Je me dirige vers la grotte du sage Elpin : peut-être l'y trouverai-je s'il est vivant ; il a coutume de s'y rendre pour calmer ses amers chagrins aux doux sons du clair chalumeau qui attire les rochers des hautes montagnes, fait couler le lait pur des fleuves et distiller le miel des dures écorces.

SCÈNE II.

AMINTE, DAPHNÉ, NÉRINE.

AMINTE.

Vraiment elle a été cruelle, Daphné, cette compassion qui t'a fait détourner le trait dont j'allais me percer ; plus je tarderai à mourir, plus ma mort sera douloureuse; et maintenant, que te sert de recourir à tous ces moyens? Tes discours sont inutiles. Que crains-tu? que je ne me tue? As-tu donc peur que je ne sois heureux?

DAPHNÉ.

Ne désespère pas, Aminte; si je connais bien Sylvie, tu dois attribuer sa fuite plutôt à sa honte qu'à sa cruauté.

AMINTE.

Hélas! le désespoir serait mon salut, puisque l'espérance seule a causé ma perte; elle voudrait encore à cette heure germer dans mon cœur, à seule fin de me faire vivre : est-il cependant rien de plus affreux que l'existence d'un misérable comme moi?

DAPHNÉ.

Vis, malheureux, vis dans ton infortune, et supporte-la afin de pouvoir un jour être heureux. Puissent-ils devenir la récompense de ton espoir, « si tu consens à vivre et à espérer », ces charmes dont ta maîtresse a ébloui tes regards.

AMINTE.

L'amour et ma fortune ne me trouvaient point assez malheureux, tant que je n'avais pu contempler à mon aise tous les trésors dont je suis privé.

NÉRINE.

Je vais donc être la fâcheuse messagère de la plus triste des nouvelles. Infortuné Montan, tes regrets désormais seront éternels! Auras-tu le courage d'apprendre le cruel trépas de Sylvie, ton unique enfant? Vieux père, père infortuné! Hélas! tu n'es plus père!

DAPHNÉ.

J'entends une voix plaintive.

AMINTE.

Le nom de Sylvie a frappé mon cœur et mes oreilles. Qui l'a prononcé?

DAPHNÉ.

C'est la gentille Nérine, cette nymphe chère à Diane, dont les yeux sont si beaux, les mains si délicates et les manières si avenantes et si gracieuses.

NÉRINE.

Je veux cependant qu'il en soit instruit, et puisse recueillir ses restes malheureux, si toutefois il en existe encore. Ah! Sylvie, qu'il est à plaindre, ton sort funeste!

AMINTE.

Hélas! qu'est-il arrivé? que dit-elle?

NÉRINE.

O Daphné !

DAPHNÉ.

Que signifient ces paroles? et pourquoi ces soupirs après avoir nommé Sylvie ?

NÉRINE.

J'ai bien raison de déplorer le fatal événement.

AMINTE.

Quel événement? Tous mes sens se glacent d'effroi, et je respire à peine. Sylvie est-elle vivante ?

DAPHNÉ.

Voyons, explique-toi.

NÉRINE.

Ciel! dois-je parler? Je ne puis cependant garder le silence. Sylvie arrive à mon logis toute nue; et après m'avoir raconté son aventure, elle s'habille et me prie de l'accompagner à la chasse qui devait avoir lieu dans le bois d'yeuses. J'acquiesce à sa demande; nous allons et nous trouvons bon nombre de nymphes déjà rassemblées; peu d'instants après, débouche de je ne sais où un loup d'une grandeur prodigieuse; de ses lèvres dégouttait une bave sanglante. Sylvie place un trait sur la corde d'un arc que je lui avais donné, le coup part et atteint la bête au sommet de la tête : le loup rentre au bois, et elle, vibrant un dard, s'élance à sa poursuite.

AMINTE.

Hélas! quelle fin me présage déjà un si fâcheux début?

NÉRINE.

Armée aussi d'un dard, je les suis, mais de très-loin, car j'avais tardé davantage à partir. Quand je fus dans la forêt, je ne les revis plus; cependant, à force d'errer sur leurs traces, j'arrive dans l'endroit le plus touffu et le plus désert, où je découvre à terre le dard de Sylvie; non loin de là était un voile blanc que j'avais moi-même posé sur sa tête, et en levant les yeux j'aperçois sept loups qui léchaient sur le sol quelque peu de sang répandu à l'entour d'os complétement dénudés; par bonheur ils ne me virent point, tant ils étaient attentifs à leur festin; je revins donc sur mes pas, pleine de crainte et de compassion. Je ne sais rien de plus sur le compte de Sylvie, et voici le voile.

AMINTE.

Crois-tu n'en avoir pas dit assez? Ce voile! ce sang! Ah! Sylvie, tu es morte!

DAPHNÉ.

L'infortuné! Il s'est évanoui; le chagrin l'a tué peut-être !

NÉRINE.

Il respire; ce ne sera qu'un court évanouissement. Il reprend ses sens.

AMINTE.

Douleur qui te plais à me tourmenter, que ne m'apportes-tu la mort? Tu es bien lente. Sans doute tu en laisses le soin à ma main. Je suis heureux qu'elle remplisse cet office, puisque tu ne veux ou ne peux me le rendre. Hélas ! si maintenant sa mort est certaine, si mon malheur est au comble, pourquoi retarder? Que me sert d'attendre plus longtemps? O Daphné ! m'as-tu sauvé dans ce but? Certes, il eût été beau et doux de mourir quand je le désirais. Tu n'as pas voulu, et le ciel, à qui il semblait que je préviendrais ainsi les chagrins dont il comptait m'accabler, maintenant qu'il a mis le sceau à sa cruauté, ne s'opposera plus à mon trépas, et tu dois y consentir aussi.

DAPHNÉ.

Attends pour mourir à connaître mieux la vérité.

AMINTE.

Hélas! qu'attendrais-je? J'ai déjà trop attendu et trop compris.

NÉRINE.

Plût au ciel que j'eusse été muette!

AMINTE.

Nymphe, donne-moi, je te prie, ce voile, seul et

misérable reste de Sylvie; il m'accompagnera pendant ce court espace de chemin et de vie qui me reste à parcourir, et sa présence augmentera ce martyre qui est bien peu de chose, puisque j'ai besoin d'aide pour mourir.

NERINE.

Dois-je le donner ou le refuser? Le motif de sa demande m'engage à ne point m'en dessaisir.

AMINTE.

Cruelle! peux-tu me refuser au dernier moment un si petit présent? En ceci encore, ma destinée se montre mauvaise. Je cède, je cède : conserve-le; et vous ne m'accompagnez pas, car je pars pour ne plus revenir.

DAPHNÉ.

Aminte, arrête, écoute. Hélas! avec quelle furie il s'éloigne!

NÉRINE.

Du train où il va nous chercherions en vain à le rejoindre ; je vais donc plutôt poursuivre mon chemin : et peut-être je ferais mieux de me taire et de ne rien découvrir à l'infortuné Montan.

LE CHŒUR.

Il n'est pas besoin du trépas pour enchaîner un noble cœur ; la constance d'abord, puis l'amour, sont assez forts. Et cette renommée à laquelle aspire un amant s'acquiert aisément ; car l'amour est une marchandise dont on débat le prix, et souvent une gloire immortelle est le salaire de ceux qui suivent ses lois.

ACTE IV

—

SCÈNE PREMIÈRE.

DAPHNÉ, SYLVIE, LE CHŒUR.

DAPHNÉ.

Puisse emporter le vent, avec la fâcheuse nouvelle de ton malheur, tous tes maux présents et à venir. Tu es vivante, Dieu merci, et tu n'as pas le moindre mal; il y a un instant encore cependant, je te croyais morte, à la manière dont Nérine m'avait dépeint ton accident. Hélas! mieux eût valu qu'elle n'eût rien dit et qu'Aminte eût été sourd.

SYLVIE.

Certes, le péril a été grand; et elle avait bien raison de penser que j'avais cessé de vivre.

DAPHNÉ.

Mais elle avait tort de le divulguer. Dis-moi maintenant quel danger tu as couru et comment tu l'as évité.

SYLVIE.

En poursuivant un loup, je m'étais enfoncée dans le plus profond du bois, où j'avais fini par perdre sa piste. Tout en cherchant à regagner mon chemin, je le vois et je le démêle à un trait dont je l'avais percé près d'une oreille. Il entourait, avec beaucoup d'autres, le cadavre d'un animal récemment égorgé et dont je ne distinguai pas bien la forme. Le loup blessé, je crois, me reconnaît, et s'avance vers moi la gueule ensanglantée. Je l'attends sans crainte, brandissant un dard. Tu connais mon adresse et tu sais si j'ai coutume de frapper en vain. Quand il n'est plus qu'à une faible distance, et me semble à portée, je lui lance mon dard; peine inutile, car, soit par l'effet du hasard ou par ma faute, au lieu de l'atteindre, mon trait va se ficher dans un arbre : alors il s'approche de moi plus furieux; le voyant si près et estimant inutile l'emploi de mon arc, comme je n'avais point d'autres armes, j'ai recours à la fuite. Je fuis donc et il me poursuit. Mais écoute l'aventure : le voile qui retenait mes cheveux se déploie en partie, et, flottant au vent, finit par s'entortiller à une branche. Je sens qu'un obstacle inconnu m'arrête et me retarde. La crainte de la mort me fait redoubler la vitesse de ma course, d'autre part la branche ne cède pas et me retient toujours; enfin je me débarrasse de mon voile avec lequel je laisse même quelques-uns de mes cheveux; la peur me prête des ailes, le loup ne peut m'atteindre, et je sors du bois saine et sauve. Comme je revenais, je t'ai rencontrée; tu semblais troublée, et ta surprise à ma vue m'a beaucoup étonnée.

DAPHNÉ.

Hélas! tu vis; mais un autre a cessé d'exister.

SYLVIE.

Que dis-tu? Regrettes-tu donc de me voir échappée au trépas? Me hais-tu à ce point?

DAPHNÉ.

Je suis heureuse de te voir vivante; et c'est la mort d'un autre qui m'afflige.

SYLVIE.

Qui donc est mort?

DAPHNÉ.

Aminte.

SYLVIE.

Ah ! comment est-il mort?

DAPHNÉ.

Comment, je ne saurais le dire, et je ne puis même assurer qu'il le soit : mais j'en ai la persuasion.

SYLVIE.

Qu'entends-je? quel motif peut l'avoir poussé à cette extrémité?

DAPHNÉ.

Ta mort.

SYLVIE.

Je ne te comprends point.

DAPHNÉ.

La fatale nouvelle de ton malheur, dont il n'a pu douter, aura poussé le malheureux à mettre fin à ses jours, par le lacet, le fer, ou autre chose de semblable.

SYLVIE.

Il en sera sans doute de son trépas comme du mien, et ton soupçon sera dénué de fondements, car on ne cherche point à mourir quand on peut vivre.

DAPHNÉ.

O Sylvie! tu ignores et tu ne saurais imaginer quel pouvoir a l'amour sur un cœur aimant, sur un cœur qui ne soit pas de pierre comme le tien; si tu l'avais su, tu aurais aimé celui qui te chérissait plus que la prunelle de ses yeux, plus que sa vie. J'en suis certaine, moi, car je l'ai vu au moment où tu fuyais, « fille plus féroce que les tigres cruels! » quand tu aurais dû plutôt l'embrasser; je l'ai vu tourner un trait contre lui-même, et, dans son désespoir, le presser sur sa poitrine sans la moindre marque de faiblesse; ses vêtements et sa peau furent traversés, et son sang rougit le fer, qui allait transpercer ce cœur que tu as plus cruellement déchiré, si en lui retenant le bras, je ne l'eusse empêché d'accomplir son dessein. Hélas! sans doute cette légère blessure était seulement un essai de sa fureur et de sa constance désespérée, et a montré au fer audacieux le chemin par lequel il devait ensuite se frayer un libre passage.

SYLVIE.

Que me dis-tu?

DAPHNÉ.

Devant moi il s'est évanoui de douleur, en recevant l'amère nouvelle de ta mort, puis il s'est enfui en toute hâte, le désespoir dans l'âme, pour courir au trépas, et certes il se sera tué.

SYLVIE.

Tiens-tu cela pour certain?

DAPHNÉ.

Je n'en doute nullement.

SYLVIE.

Hélas! tu n'as donc pas tenté de l'arrêter? Ah! cherchons-le, courons, puisque ma mort allait causer la sienne, mon existence doit être un obstacle à son dessein.

DAPHNÉ.

Je le suivis bien, mais la rapidité de sa fuite me

le fit promptement perdre de vue ; vainement j'ai couru sur ses pas. Où veux-tu donc le chercher, sans savoir quel chemin il a pris?

SYLVIE.

Si nous ne le trouvons il mourra. Hélas ! lui-même aura mis fin à ses jours.

DAPHNÉ.

Cruelle ! tu regrettes sans doute de te voir enlever la gloire de cette action ? Voudrais-tu donc l'immoler toi-même ? Ne te semble-t-il pas que sa triste mort doive être l'œuvre d'autres mains que des tiennes? Va, console-toi, car de quelque façon qu'il succombe, il meurt pour toi et par ta faute.

SYLVIE.

Hélas ! tes discours m'accablent, et les amers regrets que j'éprouve de sa perte sont encore augmentés par le souvenir de ma cruauté; je la nommais pudeur, et j'étais sincère, mais elle était trop sévère et trop rigoureuse, je le vois maintenant et je m'en repens.

DAPHNÉ.

Qu'entends-je? Aurais-tu de la compassion? Sentirais-tu ton cœur s'ouvrir à la pitié? Que vois-je? Tu pleures? toi, orgueilleuse; ô merveille! Que signifient ces pleurs? L'amour les ferait-il couler?

SYLVIE.

Non pas l'amour, mais la pitié.

DAPHNÉ.

La compassion précède l'amour comme l'éclair précède la foudre.

LE CHOEUR.

Souvent même, quand il veut entrer en cachette dans un jeune cœur, d'où l'a d'abord exclu une sévère honnêteté, il emprunte la tournure et les traits de la compassion, sa messagère ; ce déguisement l'aide à tromper la simplicité et le fait bien accueillir.

DAPHNÉ.

Ce sont des larmes d'amour, car elles sont trop abondantes ; tu te tais ? Aimes-tu, Sylvie ? Oui, tu aimes, mais en vain. O puissance de l'amour ! tu lui as réservé un juste châtiment. Malheureux Aminte ! semblable à l'abeille qui meurt en piquant et laisse la vie dans la blessure qu'elle ouvre, ta mort a enfin attendri ce cœur de roche, que de ton vivant tu n'as jamais pu fléchir. Si maintenant, esprit errant, « comme je le crois, du moins », tu hantes ces parages, contemple ses pleurs et sois heureux : amant pendant ta vie, aimé quand tu n'es plus, tu suis ta destinée, et puisque cette cruelle estimait à un si haut prix son amour, tu as voulu la satisfaire et tu as payé de ta vie tes droits sur son cœur.

LE CHŒUR.

Prix élevé pour un amant; pour celle qui le reçoit, salaire inutile et honteux.

SYLVIE.

Plût au ciel que mon amour pût lui rendre la vie, ou plutôt qu'il me fût permis de racheter ses jours aux dépens des miens, si toutefois il est mort!

DAPHNÉ.

Ta sagesse tardive et ta lente compassion sont désormais inutiles.

SCÈNE II.

UN MESSAGER, LE CHŒUR, SYLVIE, DAPHNÉ.

LE MESSAGER.

De quelque côté que je me tourne, je ne vois ni n'entends rien qúi ne m'épouvante et ne m'inquiète, tant l'horreur et la compassion remplissent mon âme.

LE CHŒUR.

Le visage et les discours de cet homme dénotent un grand trouble ; que va-t-il nous apprendre?

LE MESSAGER.

J'apporte la triste nouvelle de la mort d'Aminte.

SYLVIE.

Ciel! que dit-il?

LE MESSAGER.

Le berger le plus noble de ces forêts, le plus aimable, le plus gracieux, le plus cher aux nymphes et aux muses, est mort à la fleur de l'âge, et de quelle mort, hélas!

LE CHŒUR.

Fais-nous-en donc le récit, afin que nous puissions pleurer avec toi son malheur et le nôtre.

SYLVIE.

Ah! je n'ose m'approcher pour écouter ce que je ne puis me dispenser d'entendre : cœur insensible, cœur dur et sauvage, que redoutes-tu? Affronte du moins les coups douloureux dont va te percer le récit de cet homme, et montre là ton courage. Berger, je viens réclamer ma part de cette douleur promise aux autres, elle me touche de plus près que tu ne saurais le croire, et je la reçois comme une expiation. Ne m'épargne donc pas les détails.

LE MESSAGER.

Nymphe, je te crois sans peine, car le malheureux a mis fin à ses jours en prononçant ton nom.

DAPHNÉ.

Commence donc le récit de cette funeste aventure.

LE MESSAGER.

J'étais au milieu de la colline, où j'avais tendu des filets, quand tout près de moi je vois passer Aminte; ses traits étaient bouleversés et ses allures étranges, il semblait sombre et troublé. Je le suis en courant et je finis par l'arrêter : « Ergaste, me dit-il, si tu veux m'être agréable, viens avec moi et sois témoin de mon action; mais fais-moi d'abord le serment solennel de te tenir à l'écart et de ne rien tenter pour m'empêcher d'accomplir mon projet. » Je fais à son gré, « ne pouvant imaginer un cas si extraordinaire et une fureur si insensée, » les plus horribles serments. J'invoque le dieu Pan, et Palès, et Priape et Pomone, et la nocturne Hécate. Il poursuit alors sa route et me conduit dans un endroit escarpé de la colline, d'où descend au fond de la vallée, au milieu des précipices et des rochers à pic, non point un sentier, car il n'en existe pas, mais un ravin. Là nous nous arrêtons. Je ne pus sans frémir regarder à mes pieds, et je me retirai vite en arrière; Aminte alors me parut sourire; ses traits reprirent leur calme habituel, et je me sentis rassuré. « Tu raconteras, me dit-il, aux nymphes et aux bergers, ce que tu vas voir. » Puis il ajouta, en plongeant son regard au fond de l'abîme : « Si la gueule et les dents des loups avides étaient prêts à mes désirs comme le sont ces rochers, je ne voudrais pas mourir autrement que celle dont l'existence était ma vie; mes membres malheureux seraient déchirés comme déjà, hélas! l'ont été les siens. Mais cela n'est pas en mon pouvoir, et le ciel refuse à mon désir la voracité des bêtes féroces, je vais donc recourir à un autre moyen, et si cette route n'est pas celle que j'aurais dû prendre, elle est du moins la plus courte. Sylvie, je te suis, je vais prendre place à tes côtés, si tu veux y consentir, et je mourrais content si j'étais sûr du moins que ma venue ne dût point troubler ton repos, et que ta mort eût mis un terme à ton courroux. Sylvie, je te suis, je te rejoins. » En parlant ainsi, il se précipite la tête en bas, et je demeure pétrifié.

DAPHNÉ.

Malheureux Aminte!

SYLVIE.

Hélas!

LE CHŒUR.

Que ne l'as-tu arrêté? Tes serments sans doute t'ont retenu?

LE MESSAGER.

Nullement, car au mépris de mes serments, « vains je crois en pareil cas, » voyant la folie et l'impiété de son dessein, j'étendis la main pour le retenir; son mauvais destin a voulu que je saisisse seulement cette bande d'étoffe qui lui servait de ceinture : elle n'a pu résister à l'élan et au poids de son corps, et m'est restée en morceaux dans les mains.

LE CHŒUR.

Que sont devenus ses tristes débris?

LE MESSAGER.

Je ne saurais le dire, car l'horreur et la pitié m'ôtèrent le courage d'y regarder, tant je craignais de le voir en lambeaux.

LE CHŒUR.

O étrange événement !

SYLVIE.

Hélas ! je suis donc de pierre, que cette nouvelle ne me tue pas ? Ah ! si le faux bruit de la mort d'une maîtresse qui le haïssait tant l'a conduit au tombeau, l'assurance du trépas d'un amant si fidèle devrait bien me coûter la vie. Ma résolution est prise, et si la douleur n'a pas ce pouvoir, le fer du moins, ou cette ceinture, en viendront à bout, cette ceinture, qui avec tant de raison n'a pas suivi les restes d'Aminte et est demeurée pour accomplir sur moi la vengeance de ma rigueur inflexible et de sa fin cruelle. Pauvre ceinture ! qui as appartenu au plus malheureux des bergers, tu peux rester sans regret dans des mains si odieuses, car bientôt tu vas devenir un instrument de vengeance et de châtiment. Je devais être en ce monde la compagne du misérable Aminte ; je ne l'ai pas voulu, mais je saurai par ton aide le rejoindre aux enfers.

LE CHŒUR.

Console-toi, infortunée ; sa mort n'est point ton ouvrage, elle est l'œuvre du destin.

SYLVIE.

Bergers, quel est le motif de vos pleurs? l'aspect de ma douleur, peut-être? Ah! je ne mérite pas votre pitié, car je n'ai pas su en avoir. Si vous pleurez la mort de l'innocente victime, c'est une faible marque de regret devant un si grand malheur, et toi, Daphné, au nom du ciel, sèche tes larmes. Si mon infortune les fait couler, aide-moi, je te prie, non par compassion pour moi, mais par pitié pour lui, qui en fut digne, à chercher ses restes et à leur donner la sépulture. Cc soin seul m'empêche de le suivre à l'instant : je veux du moins, si je ne puis faire davantage, payer ainsi sa constance. Cette main, il est vrai, pourra souiller ma pieuse entreprise, mais je suis certaine que l'œuvre lui en sera chère, car il m'a persuadé par sa mort de la sincérité de son amour.

DAPHNÉ.

Je partagerai volontiers cette tâche ; mais renonce d'abord au projet de mettre fin à tes jours.

SYLVIE.

Je n'ai, jusqu'à cette heure, consulté que mon égoïsme et ma cruauté : je veux consacrer à Aminte mes derniers moments, et si je ne peux vivre pour lui, je vivrai pour ensevelir son cadavre glacé. Je ne demeurerai ici-bas que le temps nécessaire à accomplir ce devoir et je terminerai dans le même instant ses funérailles et ma vie. Berger, quelle route mène à la vallée où aboutit le précipice?

LE MESSAGER.

Celle-ci y conduit, et elle se trouve à peu de distance.

DAPHNÉ.

Partons, je vais avec toi et te servirai de guide, car ces lieux ne me sont pas inconnus.

SYLVIE.

Adieu bergers! adieu rivages! fleuves et forêts, adieu!

LE MESSAGER.

On voit à ces discours qu'elle est disposée à mourir.

LE CHOEUR.

Amour, tu resserres les nœuds que la mort relâche; elle aime la guerre; ami de la paix, en triomphant de sa victoire tu montres ta puissance. Lorsque tu réunis et enlaces deux cœurs, tu fais un autre

Olympe de cette terre dont tu ne fuis ni ne dédaignes le séjour. Par toi nous jouissons d'un calme céleste, tu chasses le souffle de discorde, tu nous mets à l'abri de mille fureurs; et par l'effet de ta divine puissance, un indissoluble lien unit ici-bas tous les êtres.

ACTE V.

—

SCÈNE PREMIÈRE.

ELPIN, LE CHŒUR.

ELPIN.

Vraiment, la loi selon laquelle l'amour gouverne pour l'éternité son empire n'est ni dure ni injuste; on condamne à tort ses œuvres pleines de providence et de mystère. C'est avec un art infini et par des routes inconnues qu'il conduit l'homme à la félicité et le place au milieu des joies de son amoureux paradis, quand il croît être en butte aux plus rudes coups du sort! Sa chute au fond de l'abîme, fait monter Aminte au faîte du bonheur le plus parfait. Heureux Aminte! d'autant plus fortuné maintenant, que tu as été plus misérable! Ton exemple me permet d'espérer que peut-être un jour cette beauté inflexible, qui, sous un aimable sourire, cache le fer mortel de sa cruauté, guérira, touchée d'une compassion sincère, les blessures dont sa feinte pitié a déchiré mon cœur.

LE CHOEUR.

Le sage Elpin se dirige de ce côté, il parle d'Aminte comme s'il vivait encore et l'appelle heureux et fortuné : dure condition des amants! Sans doute il regarde comme privilégié ce berger dont la mort a enfin trouvé sensible le cœur de sa nymphe; voilà ce qu'il nomme paradis d'amour, c'est là ce qu'il espère. Il est léger, le salaire à l'aide duquel le dieu ailé contente ses serviteurs! Elpin, tu es donc dans un bien fâcheux état, pour appeler heureuse la mort cruelle d'Aminte? Désirerais-tu donc une semblable fin?

ELPIN.

Amis, réjouissez-vous ; la nouvelle était fausse, il existe.

LE CHŒUR.

Agréable surprise ! Cette nouvelle nous enchante ! Il ne s'est donc point précipité dans l'abîme?

ELPIN.

Si fait, mais sa chute a eu des suites heureuses, et sous la triste image de la mort il a trouvé la vie et le bonheur. Il repose à cette heure sur le sein de sa maîtresse, aussi sensible maintenant que jadis elle était cruelle, et il essuie de ses lèvres les larmes qui coulent de ses beaux yeux. Je cours chez Montan, le père de Sylvie, pour le conduire auprès d'eux, son consentement seul leur manque encore et met un frein à leurs mutuels désirs.

LE CHŒUR.

L'âge, la grâce et l'amour les ont faits l'un pour l'autre; le bon Montan rêve pour sa vieillesse un doux entourage de petits neveux, aussi, leur volonté sera la sienne. Mais dis-nous, de grâce, Elpin, quel dieu, quel hasard a protégé Aminte dans sa chute périlleuse.

ELPIN.

Volontiers. Voici ce dont j'ai moi-même été témoin. J'étais devant ma grotte située près de la vallée et presque au pied de la colline, là où un précipice la sépare en deux. Je parlais avec Tircis de celle qui, après l'avoir soumis à ses lois, m'asservit à mon tour, et je l'assurais que mon doux esclavage était préférable à sa fuite et à sa liberté, quand un cri nous fait lever les yeux et nous voyons un homme s'élancer du sommet, et aussitôt rouler sur un buisson. Peu au-dessus de nous, un énorme amas d'herbes, d'épines et d'autres branches étroitement enlacées et formant, pour ainsi dire, un tissu, faisait saillie en dehors de la colline. Cet obstacle fut le premier qu'il rencontra dans sa chute, et bien que ces herbes n'aient pu résister au poids de son corps, qui de là roula plus bas, pour ainsi dire à nos pieds, leur résistance enleva tant de violence à la chute qu'elle ne fut pas mortelle, elle fut cependant si rude qu'il demeura plus d'une heure privé de sentiment. Nous l'avions reconnu et nous assistions à ce spectacle imprévu, muets de compassion et de stupeur : il respirait encore. Songeant alors que peut-être sa vie n'était pas en danger, nous reprenons courage, et pendant que Tircis me contait la cause de ce malheur, nous mettions en usage tous les moyens de le rappeler à la vie. Nous avions toutefois envoyé chercher Alphésibée, à qui Apollon enseigna l'art médical dans le temps où il m'apprenait à jouer de la cithare et de la lyre, quand surviennent Daphné et Sylvie : elles cherchaient, comme je l'appris ensuite, ce corps qu'elles croyaient un cadavre. Sylvie, lorsqu'elle reconnaît Aminte et voit ses belles joues tendres, plus gracieuses dans leur pâleur que la violette, et sa langueur telle qu'il semblait déjà prêt à rendre le dernier soupir, semblable à une bacchante, criant et se frappant la poitrine, se laisse tomber sur ce corps gisant et approche son visage du visage de son amant, et ses lèvres des siennes.

LE CHŒUR.

La pudeur n'a donc pas retenu alors cette nymphe si sévère et si revêche.

ELPIN.

La honte peut arrêter un faible amour, mais une violente passion en vient à bout facilement. Puis elle commence à arroser de larmes abondantes le froid visage d'Aminte. La vertu merveilleuse de cette eau le fait renaître et il ouvre les yeux en poussant du fond du cœur un douloureux hélas ! mais ce soupir si amer rencontra le souffle de Sylvie; elle le recueillit de sa bouche suave et il perdit aussitôt toute son amertume. Qui pourrait peindre leurs transports?

Chacun d'eux était assuré que l'autre vivait encore, et Aminte ne pouvait plus douter de l'amour de sa bergère qu'il tenait étroitement enlacée. Les amants peuvent en juger par eux-mêmes, mais on ne peut l'imaginer non plus qu'en faire le récit.

LE CHŒUR.

L'état d'Aminte n'inspire-t-il aucune crainte?

ELPIN.

Aminte est sain et sauf, à part quelques égratignures au visage, et quelques meurtrissures, mais ce ne sera rien et lui-même le considère comme une bagatelle, d'autant plus heureux de savourer maintenant les douceurs d'un amour dont il a donné une si grande preuve, qu'il a éprouvé d'abord plus de tourments et couru plus de dangers ! Mais demeurez en paix, pour moi je me rends de ce pas chez Montan.

LE CHŒUR.

Je ne sais si tout le bonheur dont il jouit maintenant suffit pour compenser ses pleurs, son désespoir et les tourments que lui ont fait endurer sa fidélité et son amour. Mais si après le malheur la félicité semble plus douce et se savoure mieux, je ne te demande pas, amour, cette faveur insigne. Que d'autres goûtent ce bonheur; et puisse ma bergère m'accueillir après de courtes prières et un court servage : puissent nos jouissances n'être point assaisonnées de si cruels tourments, mais de tendres dédains et de doux refus, et que la paix ou une trêve suivent ces rixes et ces guerres et viennent rapprocher nos cœurs.

PARIS. — IMPRIMERIE L. POUPART-DAVYL, RUE DU BAC, 30.

www.ingramcontent.com/pod-product-compliance
Lightning Source LLC
LaVergne TN
LVHW012013220826
846092LV00001B/337

* 9 7 8 2 3 2 9 7 9 0 7 3 2 *